KB040933

나
의
새
를
너
에
게

나의 새를 너에게

ぼくの鳥あげる

사노 요코 글
히로세 겐 그림
김난주 옮김

샘터

엄마 배에서 태어났을 때,
자그만 사내아이의 이마에는
우표가 붙어 있었습니다.
간혹 탯줄을 목에 감고
태어나는 아기는 있지만,
이마에 우표를 붙이고 태어난
경우는 처음이었지요.
의사는 과학자라서
두 눈으로 본 것을
믿지 않을 수 없었습니다.

의사는 과학자라서 책에 쓰여 있지 않은 것은
거짓으로 여겼습니다.
그러나 이 새로운 발견으로 노벨상을 받을 수 있을지
모른다는 생각도 했지요.
그래서 의사는 간호사에게 자그만 사내아이를 건네고,
따끈한 물로 몸을 씻기 전에 우표를 살짝 떼어 내
주머니 안에 넣었습니다.
자그만 사내아이를 처음 본 엄마는 말했어요.
"우리 아가, 우리 아가, 이마가 어쩜 이리도 잘생겼을까.
정말 영리하게 생겼어."
그리고 우표가 붙어 있던 자리에 입맞춤을 했지요.
우표를 주머니에 넣은 의사는 진료실로 돌아가
문을 잠근 다음, 주머니에서 우표를 꺼냈습니다.
우표에는 지금까지 본 적 없는 새가 그려져 있었어요.
또 본 적 없는 글자도 쓰여 있었지요.

의사는 한참이나 우표를 들여다보면서, 그 아름다움에
자신이 과학자라는 사실을 까맣게 잊고 말았어요.
과학자인 의사는 아름다움과 추악함을 구별하지 않습니다.
슬픔과 기쁨도 구별하지 않지요.
새끼손가락을 다친 귀여운 여자아이에게만
친절을 베풀 수는 없잖아요.
빌딩에서 떨어져 만신창이가 된 목수 앞에서
그 발이 더럽다고 도망칠 수도 없잖아요.
천사처럼 사랑스러운 아기가 불치병에 걸렸다고
매일 울고 있을 수도 없잖아요.
그렇지만 의사는 우표에서 눈을 뗄 수가 없었습니다.
그때, 밖에서 누가 똑똑 문을 노크했어요.
의사는 그 소리를 듣고 아내라는 것을 바로 알았습니다.
"여보, 여보, 이 문 열어요.
안 열면 부인에게 야단맞을 거예요."
아내가 그렇게 말했어요.

의사는 우표를 얼른 주머니에 집어넣고 문을 열었습니다.

아내의 목소리를 들으면 의사는 언제나 화들짝 놀라곤

하지요.

의사는 훌륭한 의사라서 모두의 존경을 한 몸에 받고

있었습니다.

의사를 놀리는 사람은 아무도 없었지요.

그런데 아내만 의사의 말에 시시콜콜 트집을 잡았습니다.

아내는 진료실에 들어오자마자 의사를 빤히 쳐다보았습니다.

의사는 가슴이 콩닥콩닥 뛰었어요.

의사가 의심스러운 짓을 했을 때,

아내는 대개 의심스러운 눈초리로 그를 쳐다봅니다.

아내가 과학자보다 정확한 것이지요.

"여보, 이리 내요."

아내가 말했습니다.

그 말에 의사는 주머니에 손을 넣고 우표를 꺼내

아내에게 내밀었습니다.

아내는 깜짝 놀랐습니다.

실크 스카프를 꺼낼 줄 알았는데, 우표가

나왔기 때문이지요.

"오호라, 이번에는 이상한 나라의 여자인가 보네."

아내는 본 적 없는 글자가 쓰인 우표를 보고

그렇게 말했습니다.

그리고 본 적 없는 새 그림을 보고는 걱정이

이만저만이 아니었습니다.

그 새 그림이 값비싼 실크 스카프의 꽃 그림보다

한결 아름다웠기 때문이지요.

아내는 마음을 다졌습니다.

우표를 자세히 조사해서 여자를 찾아낸 다음,

"이 못된 것!" 하면서 뺨을 갈겨 주겠노라고 말이지요.

아내는 우표를 핸드백에 넣고, 의사에게 말했습니다.

"이제 그만 좀 해요."

그러고는 진료실에서 나갔습니다.

그 도둑은 하느님이 자신에게
특별한 능력을 주었다는
생각밖에 들지 않았습니다.
스쳐 지나가는 사람이
돈 많은 부자인지
가난뱅이인지 전혀 모르는데,
부자의 윗도리 안주머니에
있던 반지갑 속 돈만
고스란히 자기 손아귀 안에
들어와 있었으니까요.

거리를 걸어가는 시장님의 불룩 튀어나온 배 위에서
금시계의 금줄이 번쩍거렸습니다.
시청의 탑시계가 열두 시를 알렸을 때,
시장님은 다들 보라는 듯이 조끼 주머니에서 금시계를
꺼내려 했지요.
그런데 불룩 튀어나온 배밖에 없었습니다.
도둑이 슬쩍 지나간 다음이었던 것이지요.
새초롬한 백작 부인은 파티가 무르익었을 때,
긴 목을 더듬어 보고는 움찔 놀랐습니다.
다이아몬드 목걸이가 없었으니까요.
요즘 들어 건망증이 부쩍 심해졌는데, 혹시나 누가
자신의 허전한 목덜미를 알아차리지는 않았을까
조마조마했어요.
목걸이를 하고 왔다는 사실마저 까먹었던 것이지요.
웨이터로 변신한 도둑은 구두 속에 숨긴 다이아몬드 목걸이
탓에 뒤뚱거리며 손님들에게 샴페인을 따라 주었습니다.

탐정 사무실에 가려고 길을 서두르던 의사의 아내가
도둑과 딱 부딪치고 말았습니다.

도둑은 모자를 벗어 들고 정중하게 사과했습니다.

"죄송합니다, 부인."

그때는 벌써 본 적 없는 우표를 손에 쥐고 있었지요.

도둑은 멀거니 서서, 바쁜 걸음으로 멀어져 가는
의사 아내의 뒷모습과 우표를 번갈아 보았습니다.

도둑은 본 적 없는 우표를 보면서 이렇게 중얼거렸지요.

"내가 감이 떨어졌나 보군. 이렇게 조그만 것은
어렸을 때도 훔친 적이 없는데."

도둑은 글자를 읽을 줄 몰라, 우표에 쓰인 신기한 글자를
신기하다 여기지 않았습니다.

하지만 본 적 없는 아름다운 새 그림에는 무척이나 신기한
기분이 들었지요.

도둑은 우표를 가슴 주머니에 쏙 넣었습니다.

"다녀왔습니다."

도둑은 집에 돌아가 어머니에게 인사했습니다.

어머니는 나이를 가늠할 수 없을 정도로 늙은 할머니라

흔들의자에 앉아 있었지요.

"어디 내놔 보거라."

바깥일을 마치고 돌아온 아들을 보자마자,

어머니가 다그쳤습니다.

"오늘은 허탕을 쳤어요. 난 재능이 없나 봅니다."

도둑은 의자에 털썩 앉아 머리를 쥐어뜯으며

꿍얼거렸습니다.

그리고 어머니에게 물었지요.

"오늘 저녁은 뭐죠?"

"돼지 심장을 통째로 쪘다. 와인은 가져왔니?"

도둑은 주머니 안에서 와인 한 병을 꺼냈습니다.

"아니, 이건 백화점에서 파는 와인이잖아. 가격표도
붙어 있고. 요즘 세상에 이런 건 중학생이나 훔치지.
적어도 넌, 프랑스 대사관의 와인 저장고에서 1800년산
나폴레옹 정도는 들고 와야 하잖아."
도둑은 백화점에서 산 와인의 마개를 따면서 어머니의
관심을 돌렸습니다. 에메랄드가 박힌 와인 오프너는
아랍의 부호에게서 슬쩍한 것이었지요.
"어머니가 이집트 피라미드에서 루비 잔을 가져온 게
언제 일이죠?"
"그럭저럭 오십 년은 넘었을 게다. 속상하니 그 얘기는
꺼내지 말거라. 파라오의 관을 들고 왔어야 하는데,
루비 잔밖에 가져오지 못했어. 엄청난 놈이 있었지.
관을 고스란히 들고 나온 데다, 피라미드 위에 올라가
달까지 훔쳤지 뭐냐. 그놈은 자기 재능을 두려워했어.
설마 달까지 훔칠 수 있을 줄 몰랐는데,
잠시 온 세상이 깜깜해졌으니.

피라미드 위에서 두 손으로 달을 들고 있던 모습이

얼마나 멋지던지.

그때가 그놈 운명의 갈림길이었지.

달을 주머니에 밀어 넣은 다음 또 물건을 훔쳤어야 하는데,

사람들이 월식이라고 야단법석을 떠는 바람에 놈은

허둥지둥 달을 원래 자리에 돌려놓고 말았어.

그러고는 도둑질을 그만두고, 도서관 사서가 되었다.”

“그 사람이 아버지죠?”

“흥. 나는 재능을 살리지 못하는 사람은 좋아하지 않는다.”

어머니는 슬픈 표정으로 도둑을 보았습니다.

“너는 핏줄로 봐서는 천재인데.”

도둑은 가슴 주머니에 든 우표가 떠올랐지만,

수치스러워 어머니에게 보이지 않았습니다.

우표가 있는 가슴 언저리가 욱신욱신 아픈 것 같기도 하고

찡하게 메어 오는 듯한 기분도 들었지요.

그리고 돼지 심장 요리와 백화점에서 산 와인으로 저녁을

마쳤습니다.

다음 날, 도둑은 일을 하려고 집을 나섰습니다.
거리를 빙빙 돌아다녔지만, 도둑의 손은 집을 나섰을 때나
지금이나 텅 비어 있습니다.
도둑은 도서관 앞에 한참을 서 있습니다.
세계에서 처음으로 만들어진 양피지 성서를 훔치려고
마음먹은 탓이었지요.
도서관에 들어가자, 관장님 혼자 어둡고 넓은 도서실 안에
앉아 있었습니다.
도둑은 관장님 앞에 서서 말했어요.
"대출 담당 사서가 되고 싶은데요."
관장님이 안경을 벗으면서 도둑에게 물었습니다.
"글자는 읽을 줄 아는가?"
"못 읽습니다. 그러나 우리 아버지가 도서관에서
대출을 담당하는 사람이었어요."

관장님은 말없이 고개를 옆으로 저었지요.

"어떻게 하면 글자를 읽을 수 있을까요?"

"여기 있는 책을 읽는 것부터 시작하게나."

도둑은 도서관 안을 한 바퀴 빙 둘러보았습니다.

그리고 책장에서 가장 멋진 책을 뽑았습니다.

책 속에는 글자가 빼곡하게 담겨 있었습니다.

그렇게 많은 글자는 처음 보는 터라 무척 신기했습니다.

도둑은 그 책을 관장님에게 들고 가 말했습니다.

"이 책이 읽고 싶어요."

"이건 칸트라는 훌륭한 철학자의 아주 어려운 책이야.

만약 자네가 이 책을 읽고 싶다면, 우선 이 책부터 읽게."

관장님은《우리 아기 첫 그림책》이라는 책을 도둑에게

꺼내 주었습니다. 새 그림이 그려져 있고, 그 옆에 '새'라는

글자가 쓰여 있었어요.

도둑은 멋진 책을 책장에 다시 꽂으려다, 한 번 더 펼쳐

보았습니다.

‘언젠가는 이 책을 읽고 싶군.’

도둑은 그렇게 생각했습니다.

글자를 보고 있으려니, 가슴이 욱신욱신 아픈 것 같고

왠지 슬픈 기분이 들면서 우표가 떠올랐어요.

도둑은 가슴 주머니에서 우표를 꺼내 펼쳐진 페이지 위에

올려놓았습니다.

우표에 그려진 신비하고 아름다운 새가 신기한 글자와

무척 어울리는 것 같아서, 우표를 끼운 채 책을 덮고 책장에

돌려놓았습니다.

“이 책을 빌리고 싶은데요.”

도둑은《우리 아기 첫 그림책》이라는 책을 빌려

밖으로 나왔습니다.

가난한 학생이 도서관에 가서
책을 빌려 왔습니다.
무거운 책을 옆구리에 끼고
해가 들지 않는 자기 방으로
들어가려 할 때,
하숙집 아주머니가 학생에게
고함을 질렀습니다.
"고향에다 전보 보냈어?"
"네, 보냈습니다."
학생이 대답했습니다.

그러나 전보를 보내도, 고향에는 돈을 보내 줄 어머니가
없습니다.
학생이 어렸을 때 돌아가셨거든요.
학생은 해가 들지 않는 책상 앞에 앉아 공부를
시작했습니다.
없는 돈도, 없는 어머니도 다 잊고서 열심히 책을
읽었습니다.
학생은 지금까지 몰랐던 것을 새로 깨우치는 것만
좋아했습니다.
사과 한 개 살 수 없는 밤에도 책을 읽으면 아프리카로
떠나 코끼리를 잡을 수 있었고, 코끼리의 몸무게가 얼마나
되는지도 알 수 있었지요.
몇 천 년 전 학자와도 대화를 나눌 수 있었고요.
위대한 학자는 배고픔 따위는 조금도 문제 삼지 않았습니다.
위대한 학자는 진실이 뭔지를 아는 것은 매우 어려운
일이라고 가르쳐 주었습니다.

하지만 배가 정말 고플 때 어떻게
해야 하는지는 가르쳐 주지 않았고,
방세를 빨리 내라는 말도 하지
않았습니다.
불기운 하나 없는 방에서 학생은 도서관에서
빌려 온 책을 읽기에 여념이 없습니다.
진실을 알면 알수록, 어렵고 모르는 것도
점차 많아지는 듯했습니다.
학생은 모르는 것이 늘어나면 늘어날수록,
좀 더 열심히 공부해야겠다고 생각했습니다.
학생은 추워서 곱은 손으로 페이지를 계속 넘겼습니다.
그러다 책 사이에서 우표 한 장을 발견했지요.
본 적 없는 글자가 쓰여 있고, 본 적 없는 새가 그려진
우표였어요.
읽을 수 없는 글자를 보며, 학생은 생각했습니다.
'공부를 더 열심히 해야겠어.'

그때, 하숙집 아주머니가 방으로 들어왔습니다.

아주머니는 학생이 바라보고 있던 우표를 보고,

"편지에 붙일 우표는 갖고 있군."

하면서 학생의 손에서 우표를 낚아채었습니다.

학생은 그 후에도 계속 책을 읽었습니다.

하숙집 아주머니는
시장에 가려고 서두른 탓에
우표를 제대로 쳐다보지도
않았습니다.
아주머니는 부엌 수납장
서랍에 얼른 우표를 넣고서
그 안에 든 지갑을 꺼낸 다음
장바구니를 들고 장을 보러
나섰습니다.
아주머니가 길을 나서는데,

마침 남편이 집으로 돌아왔습니다.

남편은 어젯밤부터 한 잔 걸치고 싶었던 터라

부엌 서랍에서 돈을 꺼내 가려고 했습니다.

그러나 돈은 없었어요.

대신 우표 한 장이 있었습니다.

본 적 없는 글자와 본 적 없는 새가 그려진 우표였지요.

남편은 그 우표를 뚫어져라 쳐다보았습니다.

남편은 그 우표를 주머니에 넣고는 술집으로 향했습니다.

술집에는 남자들이 모여 왁자지껄 떠들고 있었어요.

"나는 말이야,

옛날에 다리가 다섯이나 달린 소를 본 적이 있다고."

한 남자가 말을 꺼냈습니다.

"그 소가 어떻게 걷던가?"

다른 한 남자가 물었습니다.

"하나씩 남는 다리를 매일 서랍장에 넣어 두고 걸었지."

처음에 그 얘기를 꺼낸 남자가 대답했습니다.

남자들이 폭소를 터뜨리자,

"주인 양반, 저놈에게 한 잔 주시오. 내가 사겠소이다."

또 다른 남자가 술집 주인에게 말했습니다.

"나는 말이지, 글자를 쓸 줄 아는 개를 키운 적이 있어."

모자를 쓴 뚱뚱한 남자도 말을 꺼냈습니다.

"그 개가 어떻게 글자를 쓰던가?"

남자들 가운데 한 명이 물었습니다.

"산책을 데리고 나가면, 물음표 모양으로 오줌을 누더군."

모자를 쓴 뚱뚱한 남자가 대답했습니다.

"물음표는 글자라고 할 수 없잖아."

남자들은 물음표가 글자인지 아닌지를 놓고 갑론을박을

시작했습니다.

"우리 집 앵무새는,"

앵무새는 단 한 번도 키워 본 적 없는 하숙집 남편도

질세라 말을 꺼냈습니다.

"글자도 쓰고 그림도 그린다고."

"어떻게?"

다른 남자가 물었습니다.

술꾼들은 엉터리 재미난 이야기를 좋아하기 때문에,

대답도 엉터리 재미난 것을 듣고 싶어 합니다.

"증거를 보여 주지."

하숙집 남편이 주머니에서 우표를 꺼냈습니다.

술꾼들이 너도나도 우표를 보려 몰려들었어요.

"오호, 사람이 그린 것 같지는 않군."

"이 글자가 바로 앵무새어라고."

하숙집 남편은 엉터리 이야기를 늘어놓았습니다.

남자들 가운데 뱃사람도 하나 있었습니다.

뱃사람은 그 우표를 손에 들고 찬찬히 들여다보려

했습니다.

그러나 술에 취한 탓에, 글자도 그림도 잘 보이지 않았지요.

그저 아름다운 새 한 마리가 조그만 우표 안에서 하늘을
나는 것만 같았습니다.

"거참 대단하군. 자네, 이걸 술 세 잔과 바꾸겠나?"

뱃사람이 말했습니다.

"그러고말고."

하숙집 남편은 그날 밤 마음껏 취할 수 있었습니다.

5

다음 날 아침,
뱃사람은 배를 타고
먼 나라로 떠났습니다.
그리고, 낯선 항구에
도착했지요.
낯선 항구의 호텔 방에 들어가
주머니에 손을 넣었더니,
우표가 나왔어요.
하룻밤이 지나 정신이
말짱하게 돌아온 뱃사람은

그 우표를 보고 말했습니다.

"보기 좋게 속았군."

그러고는 호텔 방 책상 위에 우표를 올려놓았습니다.

"그래도 아름답기는 하네. 이 글자는 어느 나라 글자일까.
이렇게 생긴 새는 한 번도 본 적이 없는데.
내가 아직 못 가 본 나라도 있는 게로군."

뱃사람은 그렇게 혼자 중얼거렸지요.

그때, 호텔 청소부가 빗자루와 양동이를 들고 뱃사람의
방 안으로 들어왔습니다.

그리고 창문을 열었어요.

바람이 불자, 책상 위에 놓여 있던 우표가 바닥으로
떨어졌습니다.

"손님, 청소하는 동안 밖에 나가 계세요."

청소부는 토실토실 살찐 손으로 부지런히 비질을 하며
말했습니다.

"그럼, 동네나 한 바퀴 돌고 올까."

뱃사람은 신기한 기념품을 어린 딸에게 사다 주어야겠다고
생각하면서 거리로 나섰습니다.
청소부는 쓰레기를 모아 양동이에 담고,
옆방을 청소하기 위해 뱃사람의 방에서 나왔습니다.
온종일 스물한 개의 방을 혼자 치우느라
기진맥진한 청소부는 양동이를 들고 쓰레기를
버리러 갔습니다.
그런데 커다란 쓰레기통 안에 아주 예쁘고 조그만 우표가
들어 있었어요.
청소부는 그 우표를 주워 먼지를 손가락으로 깨끗하게
털어 냈습니다.
그 우표에는 본 적 없는 예쁜 새가 그려져 있고,
읽을 수 없는 글자가 쓰여 있었지요.
청소부는 좁디좁은 자기 방으로 돌아가, 우표를 가만히
쳐다보았습니다.

자기가 가진 물건 중에서 그 우표 하나만 너무도 아름답게
여겨졌어요.
청소부는 조그맣고 소박한 나무 반짇고리 안에
우표를 간직했습니다.

6

그러다
전쟁이 벌어졌습니다.
젊은 연인과
젊은 남편들이 잇달아
전쟁터로 떠나야 했습니다.
여자들은 좋아하는 이가
전쟁터로 떠날 때,
자기가 소중하게 아끼던
물건을 손에 쥐여 주며
이렇게 당부했습니다.

"꼭 살아서 돌아와요."

그리고 눈물에 젖은 뺨을 그의 볼에 부볐지요.

"죽을 수는 없지."

젊은이들은 집게손가락으로 여자들의 눈물을 닦아 주면서
대답했습니다.

"죽을 수는 없지."

젊은이가 그렇게 대답하면, 여자들은 분명 살아 돌아오지
못할 것이라고 생각했습니다.

여자들은 전쟁터로 떠나는 연인과 젊은 남편들에게
금반지나 유리구슬, 사진이나 리본을 자기 머리카락과 함께
건넸습니다.

앓다 뽑은 이를 젊은이의 윗도리에 바느질해 달아 준
여자도 있었지요.

청소부의 연인도 전쟁터에 나가게 되었습니다.

그러나 청소부에게는 금반지나 사진이 없었어요.

앓다 뽑은 이도 없었지요.

반짇고리를 열어 보니, 언젠가 쓰레기통에서 주워

소중하게 간직했던 우표가 있었습니다.

청소부는 그 우표를 종이에 정성스럽게 싸서

자른 머리카락과 함께 조그만 헝겊 주머니에 담았습니다.

그리고 내일이면 전쟁터로 떠날 연인의 가슴 주머니에 넣어

주었지요.

연인의 파란색 군복 주머니에 우표와 머리카락을 넣을 때,

청소부는 눈물을 흘리며 이렇게 말했어요.

"꼭 살아서 돌아와요."

"죽을 수는 없지."

젊은이는 우렁찬 목소리로 대답했습니다.

"곧 돌아올게. 내가 돌아오면 당신은 고기만두 가게의

안주인이 되는 거야.

고기만두처럼 토실토실하고 사랑스러운 당신,

그런 당신과 꼭 함께 살 거야."

젊은이는 오른손으로 토실토실한 청소부의 손을 꼭 쥐고,
왼손으로는 토실토실한 뺨에 흐른 눈물을 닦아 주었습니다.

젊은이는 전쟁터로 떠났습니다.
숲속 야영지에서 상관이
외쳤습니다.
"적군을 정찰하러 갈 용기 있는
자는 앞으로 나온다!"
"제가 가겠습니다."
고기만두 가게 젊은이가
나섰습니다.
그러나 그에게 용기가
있었던 것은 아니었어요.

그냥 태평했을 뿐이지요.

태평함과 용기는 때로 구별이 안 됩니다.

고기만두 가게 젊은이는 씩씩하게 걸어갔습니다.

날씨는 화창하고, 숲속 여기저기에서 새들이 지저귀고
있었습니다.

그는 성큼성큼 씩씩하게 걸어갔습니다.

그렇게 한참을 걷다가 저쪽에서 씩씩하게 걸어오는
초록색 군복을 입은 병사와 마주쳤습니다.

고기만두 가게 젊은이는 혼자 먼 길을
걸어온 탓에 누구든
만나게 되어 무척
반가웠습니다.

"자네, 담배 한 대
피우겠나?"

파란색 군복을 입은
고기만두 가게 젊은이가

물었습니다.

"나도 마침 그러려던 참이었어."

초록색 군복을 입은 병사가 대답했습니다.

둘은 그 자리에 앉아 담배를 피웠습니다.

"전쟁이 끝나면 나는 귀여운 신부를 맞을 거야."

고기만두 가게 젊은이가 말했습니다.

"나는 바로 얼마 전에 귀여운 신부를 맞고 왔지."

초록색 군복을 입은 병사가 말했습니다.

"호오, 잘했군, 잘했어."

둘은 서로의 어깨를 툭툭 치면서 웃었습니다.

"우리 신부는 볼을 깨물어 주고 싶을 만큼 귀여워.
전쟁이 끝나고 돌아가면 깨물어 줄 거야."

"우리 신부가 만든 스튜는 세상에서 최고야. 하루빨리
그녀가 끓여 준 스튜를 먹고 싶군."

대화를 나눈 후, 고기만두 가게 젊은이가 물었습니다.

"어디로 가는 길인가?"

“적을 정찰하러 가고 있었지.”

초록색 병사가 대답했습니다.

“나도 그런데.”

고기만두 가게 젊은이가 말했습니다.

둘은 입을 꾹 다물었습니다.

서늘한 바람만 소리 없이 불어 왔습니다.

때로 새들이 지저귀는 소리가 들렸습니다.

둘은 입을 꾹 다문 채 얼굴을 마주 보았습니다.

“그쪽 병력은 얼마나 되지?”

“오천.”

고기만두 가게 젊은이가 대답했습니다.

“우리 쪽은 오만이야.”

초록색 병사가 말했습니다.

사실은 오천 명이었지요.

“대포는?”

고기만두 가게 젊은이가 물었습니다.

"오백."

초록색 병사가 대답했습니다.

사실은 오십 대였어요.

둘은 물끄러미 땅을 내려다보았습니다.

땅에는 개미가 줄지어 걸어가고 있었어요.

두 병사는 개미의 행렬을 가만히 쳐다보았습니다.

"자네의 그 깨물어 주고 싶을 만큼 귀여운 신부에게

이걸 주게나."

초록색 병사가 목에 걸고 있던 분홍색 조개껍데기를

고기만두 가게 젊은이의 목에 걸어 주었습니다.

고기만두 가게 젊은이는,

"자네의 새 신부에게는 이걸 주게."

하면서 가슴 주머니에서 조그만 주머니를 꺼내 열었습니다.

고기만두 가게 젊은이는 그때 처음 아름다운 우표를

보았습니다.

본 적 없는 아름다운 새와 본 적 없는 글자가 그려진

우표 말이지요.

그걸 본 고기만두 가게 젊은이는 먼 고향에 있는

토실토실한 청소부를 정말 귀여운 여자라고 생각했습니다.

그리고 청소부의 머리카락만 빼고 주머니를 초록색 병사의

군복 주머니에 넣어 주고는 가슴을 툭툭 쳤습니다.

"참 신기한 일이군. 자네는 적군인데, 그저 고기만두 가게

젊은이다 싶어."

초록색 병사가 말했습니다.

"그러게, 참 모를 일이지. 난 솔직히 자네와 한잔하고 싶은

기분이야."

고기만두 가게 젊은이가 말했습니다.

그리고 두 젊은이는 동쪽과 서쪽으로 갈라져,

왔던 길을 다시 돌아갔습니다.

초록색 병사는 상관을 찾아가 적군의 형세를 보고했습니다.

"적군의 병력은 오십만, 대포는 오천, 도저히 승산이

없습니다."

상관은 이 보고를 듣고 "전군 철수!"라고 외치고는,
자기가 가장 먼저 꽁무니를 뺐습니다.
철수하는 도중에 전쟁은 끝났습니다.

전쟁이 끝나고 집으로 돌아오자
갓난아기 울음소리가
들렸습니다.
초록색 병사는 갑작스럽게
아빠가 된 바람에 왠지
겸연쩍었어요.
신부는 병사를 보더니
입을 떡 벌리고는,
병사의 목을 껴안고 눈물을
주륵주륵 흘렸습니다.

병사가 전쟁터로 떠났을 때보다 훨씬 많은 눈물을
흘렸습니다.

"여보, 부엌문 좀 고쳐 줘요. 아이를 위해 마당에 있는
나무에다 그네도 만들어 주고."

"암, 그래야지."

병사는 갓난아기를 번쩍 안아 들었습니다.

"그네를 타기에는 아직 이른 것 같은데."

병사가 신부에게 말했습니다.

"전혀 이르지 않아요. 내가 안고 탈 거니까."

그리고 그날 저녁, 병사는 배가 한껏 부를 때까지
스튜를 먹었지요.

다 먹고 나자, 병사는 가슴 주머니에서 우표를 꺼내
아내에게 건넸습니다.

"고기만두 가게를 하는 사람이 이걸 당신에게 주라더군."

아내는 우표를 빤히 쳐다보았습니다.

"어머나, 예쁘네. 이 새도 정말 신비로워."

그러고는 또다시 병사를 보고,

"돌아와 줘서 고마워요."

하면서 병사의 목을 꺼안았습니다.

그리고 이렇게 말했습니다.

"당신은 이제 군인이 아니니까,

그 옷은 벗고 목수 옷으로 갈아입어요."

평범한 목수로 돌아온 병사는 가장 먼저 앙증맞은

조그만 나무 액자를 만들어, 그 안에 신비한 우표를

간직했습니다.

그리고 그 액자를 침실 벽에 걸었지요.

그다음 부엌문을 고치고, 그다음에는 마당에 그네를

만들었습니다.

목수가 없는 사이에 태어난 아기는 여자아이였어요.

여자아이는 쑥쑥 자랐지요.

목수는 매일 딸에게 뽀뽀를 하고서 일터로 나갔습니다.

아내는 날마다 맛있는 스튜를 만들고, 목수가 일을 끝내고

집에 돌아오면 날마다 그 목을 껴안고 이렇게 인사했지요.

"돌아와 줘서 고마워요."

목수는,

"전쟁터에서 돌아온 것도 아닌데 왜 이리 호들갑이야"

하면서도 아내의 머리를 쓰다듬었습니다.

여자아이는 그 모습을 가만히 쳐다보고 있었지요.

여자아이의 집은 언덕 기슭에 있었어요. 언덕 기슭에는
가난한 사람들의 집이 옹기종기 모여 있었지요.
여자아이가 마당에서 그네를 타고 놀면, 팬티도 입지 않은
사내아이들과 신발도 신지 않은 여자아이들이 모여들어
그네 탈 순서를 기다렸어요.
아이들이 모여들면, 여자아이는 이제
더 타고 싶지 않을 만큼 실컷 탔으면서도 그네에서
내리지 않았습니다.
그러고는 우쭐한 표정으로 이렇게 말했지요.
"이건 우리 아빠가 만들어 준 내 그네야. 타고 싶으면
너희도 아빠에게 만들어 달라고 해."
팬티를 입지 않은 사내아이가 말했습니다.
"우리 아빠는 세탁소를 해서 그네 같은 거 안 만들어도 돼.
나 좀 태워 줘."
"아아, 그래서 네 팬티가 늘 빨래 중이구나."
여자아이는 그네를 탄 채 그렇게 빈정거렸습니다.

신발을 신지 않은 여자아이는 이렇게 말했습니다.

"우리 아빠도 아주 옛날에 그네를 만들어 줬어. 그런데
폭풍이 불던 날, 벼락이 쳐서 나무도 그네도 새까맣게
타 버렸어."

"그때 신발까지 타 버렸나 보네."

여자아이는 또 그렇게 빈정거렸지요.

목수의 아내는 부엌에서 그 광경을 내다보면서 무척
슬퍼했습니다.

여자아이는 수프를 먹은 후 아빠 무릎에 앉아 말했어요.

"아빠, 우리 아빠가 세상에서 최고야."

"그렇지 않아. 아빠는 그냥 목수란다.
평범한 목수지만, 엄마 같은 아내가 있으니 세상에서
가장 행복하지.
그리고 너는 세상에서 가장 사랑스럽고."

"난 아빠를 꼭 닮은 사람이랑 결혼할 거야."

아내는 슬픈 표정으로 고개를 가로저으며 말했어요.

"친구들에게도 그네를 타게 해 주면 그렇게 될 거야."

여자아이는 그 말을 듣고 갑자기 발을 동동거리면서 엉엉
울기 시작했어요.

"싫어, 싫어. 아무도 안 태워 줄 거야."

여자아이가 앙탈을 부리고 울면서 잠든 그 밤, 아내는
침대에 앉아 울었습니다.

"어쩌다 우리 아이가 저렇게 되었는지 모르겠네.

전쟁 중에 아이를 가져서 그럴까. 당신은 이렇게 착한데."

"우리 아이도 아주 착해."

"그렇지?"

아내는 침대 위에서 조그만 액자에 담긴 아름다운 새를
쳐다보며 말했어요.

아내는 슬플 때면, 언제나 그 조그맣고 아름다운 새를
쳐다보곤 했지요.

여자아이는 쑥쑥 자랐습니다.

누구에게도 그네를 내주지 않은 채.

마침내 여자아이는 그네를 타며 놀기에는 너무 커 버리고

말았지요.

마당에 선 나무에는 아무도 타지 않는 그네만 덩그러니

매달려 있었습니다.

때때로 바람이 불면 흔들흔들 흔들렸지요.

어느 날, 여자아이는 언덕 기슭을 벗어나
더 위로 올라가 보았습니다.
언덕 위에는 부자들이 사는 저택이 많았어요.
커다란 저택에서 예쁜 옷을 입은 여자아이가 나와
은색 자전거를 타고 언덕을 내려갔습니다.
여자아이는 그 모습을 가만히 지켜보았어요.
그리고 목수의 아내가 깨끗하게 빨아 준 자기 옷을 빤히
내려다보았지요.
언덕 위에서 바다가 보였습니다.

여자아이는 집으로 돌아가 거울을 보았어요.

거울에는 눈이 커다랗고 입을 꼭 다문 무척이나 귀여운

여자아이가 있었지요.

엄마가 여자아이의 머리칼을 쓰다듬으며 말했어요.

"이렇게 예쁘게 자라 주다니, 넌 엄마의 자랑이야."

"치, 나도 언덕 위에서 태어났으면 좋았을 텐데."

여자아이는 그렇게 말하고는, 문을 닫고 자기 방에

틀어박혔습니다.

"난 더 큰 도시로 갈 거야.

큰 도시에서 일해서 돈도 많이 벌고

행복해질 거야."

"나는 네가 있어서 늘 행복했는데."

목수의 아내가 조그만 소리로 말했습니다.

"그래도 우리는 가난하잖아."

여자아이는 입을 꼭 다물고 결심했습니다.

그리고 큰 도시로 떠날 준비를 시작했습니다.

준비라고 해 봐야, 조그만 여행 가방에 옷 몇 벌을 챙기면
그만이었어요.
아내는 침실 벽에 걸린 조그만 액자를 떼어 여자아이에게
건넸습니다.
"몸조심해. 그리고 이건 아빠랑 엄마가 아주 소중하게
여기는 거란다. 큰 도시에 가면 슬픈 일도 있을 거야.
그런 때 도움이 될지도 몰라."
여자아이는 그 낡고 조그만 액자는 가져가고 싶지
않았어요.
그래도
"고마워, 엄마 아빠."
하고 인사를 건네고 액자를 제대로 보지도 않은 채
여행 가방에 쿡 쑤셔 넣었습니다.
아내는 눈물을 흘렸습니다.
그 모습을 지켜본 목수는 이제 나이를 먹은 아내의 머리를
쓰다듬으면서 위로했습니다.

"여보, 이 아이는 전쟁에 나가는 게 아니잖아. 어른이 되기
위해 떠나는 거라고."
목수와 그의 아내는 여자아이에게 키스했습니다.
여자아이는 집을 나섰습니다.

큰 도시로 간 여자아이는 아주 조그만 집에서
살게 되었습니다.
그리고 커다란 건물에 있는 레스토랑의 웨이트리스가
되었어요.
그녀는 열심히 일했습니다.
하루 종일 테이블에 물을 나르고, 접시를 날랐습니다.
그 접시에는 이름만 겨우 알았지 한 번도 먹어 본 적 없는
요리가 담겨 있었지요.
유행하는 멋진 옷을 차려입은 여자가 이름만 겨우 아는
그 생선 요리를 깨작깨작 먹고는 절반이나 남겼습니다.

같이 온 뚱뚱한 남자가 물었습니다.

"당신, 어디 아픈 거야?"

여자는,

"그냥 맛이 없어서 그래."

하고 대답합니다.

남자가 다시 물었습니다.

"기분 풀게 핸드백이나 새로 사 줄까?"

그녀는 접시를 치우면서 생각했습니다.

'왜 이런 여자가 부자일까? 내가 훨씬 예쁜데.'

또 하루는 엄청나게 예쁜 여자가 스테이크를 산더미처럼
쌓아 놓고 먹는 일도 있었습니다.

그 엄청나게 예쁜 여자는 같이 온 남자가 뭐라고 물어도
방긋방긋 웃으면서,

"네, 네, 그러세요."

하고 대답할 뿐이었어요.

그녀는 예쁜 여자가 두 번째 디저트로 먹을

아이스크림을 나르면서 생각했습니다.

'예쁘기만 했지 참 멍청하네. 내가 훨씬 더 똑똑한데.'

그리고 지칠 대로 지쳐 조그만 집으로 돌아갔지요.

어느 날, 한 청년이 레스토랑에 들어와 샌드위치를
주문했습니다.

샌드위치는 그 레스토랑에서 가장 값싼 메뉴였지요.

청년은 헐어서 너덜너덜한 청바지와 스웨터를 입고
있었습니다.

그러나 이마만큼은 아주 멋졌어요.

"수프는 안 드세요?"

그녀가 일부러 물었습니다.

"괜찮아요."

청년이 대답했습니다.

"샐러드는요?"

그녀가 물었습니다.

"괜찮다고 했을 텐데."

"커피를 갖다 드릴까요?"

그녀가 또 물었습니다.

청년은 자리를 박차고 일어나,

"다 필요 없어. 내가 돈이 없다는 걸 알고 일부러 묻는 거지?

어렸을 때 옆집에 살던 심술궂은 여자아이와 정말 똑같군.

이렇게 못된 사람은 어디에나 있다니까."

그렇게 말하고는 가방을 들고 레스토랑을 나가 버렸습니다.

그녀는 후다닥 문 밖으로 쫓아 나갔지만, 청년의 모습은

어디에도 없었지요.

그날, 그녀는 조그만 집으로 돌아가 벽에 기대어 눈을

감았습니다.

아무도 타지 않는 그네가 바람에 흔들리고 있었습니다.

그리고 아빠가 엄마의 머리를 쓰다듬고 있었습니다.

그녀가 떠나 휑한 집에서.

일요일, 그녀는 커다란 건물 안을 거닐고 있었습니다.
건물 안에는 옷을 파는 가게도, 시계를 파는 가게도
있었습니다.
서점도 있고, 화랑도 있었지요.
그녀는 외국에서 온 예쁜 옷을 보고, 다이아몬드가 박힌
시계도 보았어요.
그녀는 '이 옷은 그 누구보다 내가 입으면 잘 어울릴 텐데'
하고 생각했습니다.
다이아몬드 박힌 시계도 그 옷에 정말 잘 어울리겠지요.
그녀는 한숨을 쉬었습니다.

그러고 나서 화랑에 갔습니다.

화랑 안에는 그림이 죽 걸려 있었습니다.

마치 다른 세상 같았지요.

신비로운 새가 수도 없이 반짝거리며 날아 다녔습니다.

온통 새 그림이었습니다.

그녀는 외국에서 온 옷도, 다이아몬드 박힌 시계도

싹 잊었습니다.

그 새들이 반들거리는 실크 옷보다 반짝이는

다이아몬드보다 빛나고 있었으니까요.

그녀는 '이 새를 어디서 봤더라?' 하고 생각했습니다.

하지만 기억이 날 것 같으면서도 나지 않았어요.

그녀는 화랑 문이 닫힐 때가 되도록 새 그림을

바라보았습니다.

다음 날, 쉬는 시간이 되자 그녀는 또 새 그림을 보러

갔습니다.

그다음 날도, 그녀는 새 그림을 보러 갔습니다.

또 그다음 날,

"너는 그림을 보기만 하는 거니?"

하는 목소리가 들렸습니다.

언젠가 레스토랑에서 봤던 청년이었습니다.

"그래."

그녀는 청년을 보면서 대답했습니다.

"다행이다. 여기에는 사지 않을 거면 나가라고 하는

심술궂은 여자가 없어서. 넌 돈 없는 손님에게 늘 그렇게

심술을 부리니?"

청년이 물었습니다.

"그래."

그녀의 대답에 청년이 웃었습니다.

그녀는 울컥 화가 났습니다.

"너도 그냥 그림을 볼 뿐이잖아."

"지금은 그렇지."

청년이 대답했습니다.

화가 치민 그녀는 다시 한번 새 그림을 보았습니다.

그러자 울컥했던 기분이 쓰윽 사라졌습니다.

"나, 이 그림이 좋아. 왠지는 모르겠지만."

그녀가 상냥한 목소리로 말했습니다.

"나도."

"나, 이 그림을 그린 사람을 아는 것 같아."

"그 사람은 너에게 알려지고 싶지 않을걸."

"왜?"

그녀는 그림을 보면서 상냥한 목소리로 되물었습니다.

"돈이 없으니까. 레스토랑에 가면 샌드위치만 주문해야 하니까."

그녀는 놀라서 궁상스런 차림새의 청년을 다시 돌아보았습니다.

그러고는 얼굴이 빨개졌지요.

그녀는 그다음 날도 그림을 보러 갔습니다.

많은 사람들이 그림을 보고 있었어요.

"어쩜 이렇게 예쁠까. 이 그림, 살 수 있으려나."

밍크코트를 입은 사람이 그림 앞에서 중얼거렸습니다.

그녀는 자기도 모르게 이렇게 말했어요.

"이 그림은 내가 벌써 샀어요."

"어머나, 이 그림이 그렇게 싸?"

여자는 그녀의 초라한 차림을 보며 물었습니다.

"유명한 화가도 아닌데요, 뭐."

그녀가 그렇게 대답하자, 여자는 밖으로 나가고

말았습니다.

"참 신비로운 그림이군. 파는 그림이면 좋겠는데."

검은 모자를 쓴 남자도 다른 그림 앞에서 중얼거렸습니다.

그녀는 또 얼른 껴들었어요.

"이 그림은 내가 벌써 샀어요."

검은 모자를 쓴 남자는 그녀를 지그시 바라보다가

대답했습니다.

"아쉽군. 그래도 반가운걸, 나와 그쪽 취향이 같다는 게.

여전히 아쉽기는 하지만."

검은 모자를 쓴 남자도 화랑을 나갔습니다.

그녀는 가슴이 콩닥콩닥 뛰었습니다.

그다음, 목에 카메라를 건 신문 기자가 그림 사진을 찍고서

사방을 돌아보며 중얼거렸습니다.

"이 그림을 그린 화가는 여기 없는 건가?"

그녀는 신문 기자 옆에 다가가 말했습니다.

"지금 병을 앓고 있어요."

"허, 안타깝군. 화가를 인터뷰해서 저녁 신문에 기사를
실으려고 했는데."
신문 기자도 안타깝다는 표정을 지으며 밖으로 나갔습니다.

"역시 한 장도 안 팔렸네."

청년이 벽에서 그림을 떼어 내면서 혼자 중얼거렸습니다.

그때, 그녀는 조그만 자기 집에서 울고 있었습니다.

그녀는 왜 그 청년의 그림을 다른 사람 손에 넘기고 싶지

않았는지 이해할 수 없었습니다.

'나는 정말 심술보인가 봐.'

만약 그 그림이 팔렸다면, 샌드위치밖에 먹을 수 없는

가난한 청년은 그녀가 일하는 레스토랑에서 가장 두툼한

스테이크를 몇 장이나 먹을 수 있겠지요.

허름한 단벌 스웨터를 벗어 던지고, 따뜻하고 가벼운

스웨터를 입을 수 있겠지요.

그리고 무엇보다 여러 사람이

그 그림들을 갖고 싶어 할 만큼

좋아했다는 걸 알면 청년은 얼마나 기뻐했을까요.

게다가 신문에 그 그림과 사진이 실리면 유명해질 수도

있겠지요.

그녀는 벽에 기대어 울었습니다.

그녀는 두 손으로 눈을 꼭 눌렀습니다.

바람에 흔들리지 않는 그네가 그저 나무에 매달려 있는

광경이 눈 속에 어른거렸습니다.

그리고 희끗희끗한 엄마의 머리를 쓰다듬는 아빠의 모습도

떠올랐지요.

"엄마, 아빠."

집을 떠날 때, 슬픈 일이 생기면 도움이 될지도 모른다면서

엄마가 건네 준 조그만 액자가 그제야 생각났습니다.

그녀는 여행 가방 속에서 지금까지 한 번도 꺼낸 적 없는

그 조그만 액자를 꺼냈습니다.

그리고 얇은 종이를 벗겨 내고 처음 액자를 보았습니다.

조그만 액자 안에는 조그만 우표가 들어 있었어요.

우표에 그려진 그림이 청년의 새 그림과 얼마나
닮았던지요.

그녀는 청년에게 편지를 쓰려고 했습니다.

그러나 뭐라고 쓰면 좋을지 몰랐어요. 그래도 이런 생각이
들었지요.

'이 우표의 새는 그 사람 거야. 이 새는 그 사람에게
돌아가고 싶어 해.'

그녀는 아무 말도 쓰지 못한 하얀 종이 한 장을 봉투에 담아
풀로 붙였습니다. 그리고 봉투 뒤에 자기 이름과 주소를
썼어요.

다음 날, 그녀는 화랑을 찾아 청년의 이름과 사는 곳을
물었습니다.

그녀는 버스를 타고 젊은이가 사는 동네를 찾아갔습니다.

버스에서 내려 공원 옆을 지나가고 있을 때,

"심술보 아가씨, 안녕!"

하고 부르는 목소리가 들렸습니다.

그녀는 놀라서 소리가 난 쪽을 돌아보았습니다.

청년이 공원의 벤치에 앉아 있었어요.

"오늘은 심술이 쉬는 날인가?"

그녀의 얼굴이 빨개졌습니다.

그녀는 청년 옆에 앉았습니다.

그리고 핸드백을 꼭 잡은 채 아무 말도 하지 않았습니다.

"어딜 가는 거지?"

청년이 물었습니다.

"너는 여기서 뭐 하는데?"

그녀가 물었습니다.

"아무것도 안 해. 나는 이제 아무것도 안 그릴 거야.

내 그림을 아무도 좋아하지 않는걸."

"나는 좋아해."

그녀가 외쳤습니다.

"난 네 그림을 누구에게도 내주고 싶지 않을 만큼 좋아한다고. 그래서 아무도 못 가지게 했어."

그녀는 엉엉 울음을 터뜨렸습니다.

"하느님도 날 용서하지 않을 거야. 내가 하느님도 용서하지 않을 잘못을 저질렀어."

청년은 깜짝 놀라서 그녀를 쳐다보았습니다.

그녀는 핸드백 안에서 하얀 봉투를 꺼내 청년에게 건넸습니다.

그리고 얼른 일어나, 버스를 타고 자기가 사는 동네로 돌아갔습니다.

그녀는 매일 레스토랑에 가서 접시를 씻고,
요리를 테이블로 날랐습니다.
그녀는 이제 예쁜 여자가 스테이크를 세 장이나 먹어도,
'돼지처럼 잘도 먹네'라고 생각하지 않았습니다.
그저 그 청년을 다시 한번 만나고,
그 새 그림을 다시 한번 보고 싶다는 생각만
간절했습니다.

어느 날, 그녀는 테이블에 앉아 있는 청년을 보았습니다.

청년은,

"샌드위치만 먹어도 될까?"

하고 물었습니다.

"그럼."

그녀는 얼굴을 붉히면서 대답했습니다.

그러고는 선 채로 머뭇거렸지요.

청년이 하얀 봉투를 꺼내 그녀에게 건넸습니다.

봉투에는 그 신비로운 우표가 붙어 있었어요.

안에 든 하얀 종이에는,

'나의 새를 전부 너에게 줄게.'

라고 쓰여 있었습니다.

"정말 신기한 일이지. 네가 준 우표를 보고 나니까

더는 새 그림을 그리고 싶지 않았어.

내가 그린 수많은 새들이 딱 한 마리가 되어

내게로 돌아온 것처럼."

그녀와 청년은 공원 벤치에 앉았습니다.

"우리 엄마 아빠가 왜 그 우표를 갖고 있었는지 모르겠어."

그녀는 우표 얘기가 나오자 갑자기 젊은이의 이마를 만지고
싶어졌습니다.

그러나 왜 그런지는 알 수 없었지요.

"그리려는 생각도 없었는데, 머릿속에서 자꾸자꾸
새가 떠올랐어.

그런데 지금은 이 세상에 새 말고도 그리고 싶은 게
아주 많을 것 같다는 기분이 들어."

그녀는 청년이 그린 다른 그림도 보고 싶었습니다.

"하느님도 용서하지 않을 심술을 부렸는데,
왜 나를 용서해 주는 거야?"

"나보다 내 그림을 더 좋아해 주었으니까."

그녀가 청년의 이마에 살며시 키스했습니다.

"지금은 너보다 너를 더 좋아해."

청년이 말했습니다.

"막 태어났을 때 같은 기분이야."

그녀는 청년의 이마에 다시 한번 키스를 했습니다.

✧ 글쓴이 **사노 요코**佐野洋子

1938년 중국 베이징에서 태어나 유년 시절을 보내고, 전쟁이 끝난 후 일본으로 돌아왔다. 무사시노미술대학 디자인과를 졸업하고, 1967년 유럽으로 건너가 독일 베를린조형대학에서 석판화를 공부했다. 1971년 그림책 작가로 데뷔하여 일본 그림책의 명작으로 손꼽히는《100만 번 산 고양이》를 비롯해《아저씨 우산》,《나의 모자》(고단샤 출판문화상 그림책상),《하지만 하지만 할머니》등 수많은 그림책을 발표했다.

그 밖에도 동화《내가 여동생이었을 때》(니미 난키치 아동문학상), 에세이집《어쩌면 좋아》(고바야시 히데오상),《사는 게 뭐라고》,《죽는 게 뭐라고》,《시즈코 씨》등 말년까지 다양한 분야에서 왕성하게 작가 활동을 했다. 2003년 일본 황실로부터 자수포장을 받았고, 일본 그림책상, 쇼가쿠간 아동출판문화상, 이와야 사자나미 문예상 등을 수상했다. 2010년 11월 5일 향년 72세의 나이로 영면했다.

그린이 **히로세 겐**広瀬 弦

1968년 일본 도쿄에서 태어났다. 개성이 풍부한 그림으로 높은 평가를 받고 있다. 〈하마의 만물상〉 시리즈가 산케이 아동출판문화상 추천작으로 선정되었다.
주요 작품으로는 〈서유기〉 시리즈, 《나는야 바꾸기 대장》, 《탐험 대장 코끼리》, 《편지가 왔어요 답장도 썼어요》, 《캥캥캥 우리 형》 등 다수가 있다.

옮긴이 **김난주**

1958년 부산에서 태어났다. 경희대학교 국문과를 졸업하고 같은 대학원을 수료한 후, 1987년 쇼와여자대학에서 일본 근대문학 석사 학위를 취득했다. 이후 오오쓰마여자대학과 도쿄대학에서 일본 근대문학을 연구했다. 현재 일본 문학 전문 번역가로 활동하고 있다.
옮긴 책으로 《100만 번 산 고양이》, 《겐지 이야기》, 《냉정과 열정 사이》, 《태엽 감는 새 연대기》, 《모래의 여자》, 《키친》, 《백야행》, 《몬테로소의 분홍 벽》 등 다수가 있다.

나의 새를 너에게

1판 1쇄 인쇄 2020년 2월 5일
1판 1쇄 발행 2020년 2월 15일

글쓴이 사노 요코
그린이 히로세 겐
옮긴이 김난주
펴낸이 김성구

책임편집 홍희정
단행본부 류현수 고혁 현미나
디자인 이영민
제작 신태섭
마케팅 최윤호 나길훈 김민지
관리 노신영

펴낸곳 (주)샘터사
등록 2001년 10월 15일 제1-2923호
주소 서울시 종로구 창경궁로35길 26 2층 (03076)
전화 02-763-8965(단행본부) 02-763-8966(마케팅부)
팩스 02-3672-1873 | 이메일 book@isamtoh.com | 홈페이지 www.isamtoh.com

ISBN 978-89-464-2117-2 03830

이 도서의 국립중앙도서관 출판예정도서목록(CIP)은 서지정보유통지원시스템 홈페이지
(http://seoji.nl.go.kr)와 국가자료종합목록 구축시스템(http://kolis-net.nl.go.kr)에서
이용하실 수 있습니다. (CIP제어번호 : CIP2020003362)

값은 뒤표지에 있습니다.
잘못 만들어진 책은 구입처에서 교환해 드립니다.

샘터 1% 나눔실천 샘터는 모든 책 인세의 1%를 '샘물통장' 기금으로 조성하여
매년 소외된 이웃에게 기부하고 있습니다. 2019년까지 8,500여만 원을 기부하였으며,
앞으로도 샘터는 책을 통해 1% 나눔실천을 계속할 것입니다.